손영종 시집

숲길에 그 바람

새로운 세상의 숲
신세림출판사

숲길에 그 바람

손영종 시집

시인의 말

산의 아름다움은
자연의 질서와 조화로 만들어졌다는 사실에 있다.
높고 낮으며 계곡이 있고
계절의 변화에 따라
생물의 생태가 다르다.
그들이 내는 향기와 사랑의 소리가 아름답다.
그래서 나는 산을 사랑한다.

산을 오르며 모두가 친구가 된다.
식물은 꽃을 피우고
바람과 곤충 동물을 통하여
사랑을 속삭이는 가운데
어느 것 하나 수정하지 않은 것이 없다.
인간처럼 자기 영역이 있으며
군락지를 이루고 어우러져 있다.
자랑하듯 방긋이 웃으며 인사들 나눈다.

생태의 고행에 따라
정상의 늠름한 모습에 찬사를 보낸다.

명명된 산의 꼭짓점엔
신의 기운을 안을 수 있어 좋다.
산에 취하여 나를 바라본다.
우린 언제,
이들처럼 향기로운 꽃을 피웠던가!
이들처럼 이렇게 정직했었던가!

2021년 07월 여름날에

海松 손 영 종

차례

숲속에 그 바람

차례

숲속에 그 바람

제 1 부

철쭉이 터널을 이루고

바위 조각품들

공원 돌담길
하늘을 오른 용이 날고
펼쳐진 석축 한성을 지키는 성곽은
우직한 돌덩이로 짜깁기했으니
오늘이나 어제나
우리 민족의 성지인 듯

동서남북 사방으로 조각한 바위는
하늘이 쏟은 눈물 자국으로
민족의 역사가 대필되었으니

보는 사람에 따라
보는 방향에 따라
계절에 따라 다르니
인왕산은
민족혼이 서렸네.

– 인왕산(338m)을 올라서

손녀와 할머니

춘분이 지나고
꽃피는 봄날
미운 말 고운 말
벚꽃처럼 피었다 지는 칠순

이마의 한 가운데 커지는 흑점
'복점'이라고 하더니만
조직검사 결과지를 보고
딸아이와 손녀
할미 앞에 앉아 말을 나누는데
'피부암'이란 말에
개나리꽃처럼 맑고 여린 손녀
벚꽃처럼 화사한 딸의
주고받는 위로의 말이 바람에 일렁인다.

사랑이 뭐길래
꽃잎 눈물 방안을 가득 채우네.

– 상계 을지병원에서

진달래

그대를 보니
엄동설한(嚴冬雪寒) 긴긴밤
고독에서 깨어났구나.

산을 오르는 이
우르르 달려들어
한 가슴 꽃다발 껴안으면
진분홍 얼굴 환하게 반기네.

그대는
승리자의 모습
화려(華櫚)하구나,
파고드는 향기.

– 용마산(348m) 용마봉에서

오두막의 차 한 잔

4월의 첫날
수풀이 무성한 광장을 지난다.
부용산 오를 때마다 축구장이나 만들었으면
했는데…
봄꽃이 만발한 정원
오두막 두 채 꽃밭 가운데 섰다.
쉬어가는 길
바람 타고 나비처럼 날아든 벚꽃 한 잎
찻잔에 앉으니
오두막에서 마시는 커피의 오묘한 맛!
뜬구름도 같이 삼키니
하늘이 내려 준 보약인가.
목젖이 출렁출렁….

– 민락동 시민공원에서

아홉 구비 떨어지는 폭포

겨울을 밀어낸 봄의 햇살
아이들처럼 들뜬 기분
문배마을 향한 길
아홉 구비의 희망정원엔
겨울잠을 깬
산괴불, 노루귀, 복수초, 원추리, 회향목…
활짝 웃으며 맞이하네.

구곡의 혼을 담아가라고
꿈 끼 꾀 깡 꾼 끈 꼴 깔 끝이 혼이라
50m의 옹벽의 고드름에
굳어진 마음과 몸
깎아진 비탈 구비구비 돌아서
숨찬 채 능선 마루에 서니
흙길 잣나무 때문인가.
6.25 전쟁도 모르고 산 문배마을

마을 아래 저수지
봉화산과 검봉산 중턱에 걸친

안락하고 평화스런 마을
산채비빔밥 그 맛도
아홉 구비 음미하며 돌아내린다.

* 구한말 춘천의 명장 이소응이 문배의 샘물이 달고 토지가 비옥하다 하여 붙여
진 이름. 마을이 큰 배같이 생겼으며, 지역 산간이 돌배보다 크고 과수원 배보다
적은 배나무가 많고, 마을 형태가 짐을 가득 실은 배 같다고 하여 붙여진 이름이
다. 마을 전체가 음식점을 하고 있으며, 통칭 이씨네, 김씨네, 신씨네, 박씨네 등
으로 부르고 있다.

– 검봉산(530m) 문배마을에서

봄 따라 나물을 보러

봄날은 하늘이 알려주고
나물은 깊은 계곡이 알려주며
그 이름들
식물박사의 웃음만이 있을 뿐이다.
고추나뭇잎, 광대싸리, 다래, 산호바위취, 비비추, 참취…

야, 이 여사야 이것은 무어야?
그 소리는 계곡을 타고 명성산이 운다.

신라의 왕 아들인 궁예는 송곳니로 태어나
조롱을 받다 절벽에서 떠밀렸으나
산 몸 신하들 손에 자라
어느 날 까마귀 입에 물고 가다 떨어뜨린 글 '왕'자로
그 후 900년 지나 고구려를 건국
신하와 백성의 선망도 멀어 축출당한 후
따르는 신하와 명성산 동굴에서 은거 18년 중 피살
그때의 울음이 울려 들려진다.

그 울림은 파릇한 잎사귀로 돋아나

모두가 나물 같으니 그 이름들
외침이 계곡 따라 흐르는 물소리 같구나!

– 명성산(923m) 중턱에 앉아

철쭉이 터널을 이루고

하늘의 구름 한 점도
계곡의 물 한 방울도
진주가 굴러가듯 흘러간다.

산이 어찌
아름답지 않으면
한 송이 꽃을 피울 수 있으랴.
꽃잎엔 향기가 이슬처럼 자르르 묻어 있다.

새소리 들려도
사람소리 들려도
보이지 않고

젊음의 꽃들
한반도의 꽃 무덤에 묻혀있으니
햇살도 그리우니
모두가 향기로운 희망이구나!

− 서리산(832m) 꽃동산 바위에서

이놈의 인생아

등산보다는 산책이라
흙냄새 진동하는 바위 하나 없는 육산
우거진 숲과 자연의 노래는
가지와 가지 사이를 지나가는 바람소리
각종 새의 이야기 소리
약숫물 긷는 소리뿐

오른 정상 군 주둔지 빈터에
타버린 지프형 자동차와 숯덩이 시신 보고 놀라
타살인가 자살인가 신고를 한다.

인간은
태어날 때 기뻐했고 행복을 꿈꾸었지만
봄꽃이 만개하고 수술만 남은 것처럼
살아온 날들과 살아갈 날들
험하고 고통스럽고 고뇌의 삶이 있지만
성실과 인내가 있으면 이겨낼 수 있는데
감사보다 욕심이 앞선 삶이었나?
결과는 욕심이 잉태하면 죄와 사망에 이르는데

부끄럽다! 인생아,

길 잃었다가 찾아 오른 정상에서
칼 부세의 詩 「산 너머 저쪽」을 외워본다

"산 너머 언덕 너머 먼 하늘에
행복은 있다고 사람들은 말하네.
아~ 나는 임 따라 찾아갔다가
눈물만 머금고 돌아왔다네.
산 너머 언덕 너머 더욱더 멀리
행복은 있다고 사람들은 말하네."

– 홍복산(453m) 산마루 빈터에서

군생활(軍生活)에 머문 곳 바라보다

이슬에 젖은 머리카락 날리며
눈시울 적시며 본다.
평야는 잠자는 듯 고요하다.

대남 방송에 토끼 귀가 된 날이었고
어느새 무슨 일이 일어날까
마음 조이며 보낸 시간이
지금은 저렇게 평온해 보일까.

덥수룩한 수염에 GOP 근무
백마고지가 눈앞이었고
눈 속에 파묻혔어도
파릇한 싹이 깃드는 곳인데
젊음이 그렇게도 길게 느껴진 들판은
50년 지나온 오늘
지워지지 않은 채로
깊은 계곡에 흐르는 한탄강
강물처럼 쉼 없이 흐르니

지금은 고대산에 섰구나!
분단이 없으면 금강산도 오를 텐데….

– 고대산(832m) 정상에서 철원평야

묻혀버린 향기

바람 따라 피었고
향기는 강물 따라 흘렀지만
수정된 그 열매는 닮을까?

꽃의 아름다움
꽃의 향기
모두가 귀하기는 하나
마음을 가두어 두었으니
멋을 즐기지 못했다.

뜬구름이 된 마음
시간을 감지하지 못했다.
밤하늘에 별을 보면
삶의 것들이
젊을 때 노을 보고 멋있다 해도
늙음이 보는 노을은 쓸쓸하다.

- 부용산 둘레길에 앉아

재미있는 경주

산이 푸르니
하늘인들 푸르지 않으랴.
졸졸 소리치는 수정 같은 물
바위틈에서 봄이라고 경주하는 돌나물
줄다리기하는 운동회 같고
키 자랑하는 나무들
칡과 등나무는 왼쪽 오른쪽
사랑싸움에 남 피곤한 줄 모르고
하늘 향해 경주한다.

우리 또한 대성문 거쳐 원효봉 향해
땀은 멀리 바람에 날려 보내고
천근만근 굽은 허리는
바위를 지팡이하고 능선을 따라
허겁지겁 오른 원효봉
일등은 잃고 차등에 눈 아래 펼쳐진 서울풍경

왜, 원효봉인가?
이제야 알겠네!

– 북한산 원효봉(435m)을 오르며

상전이 된 취나물

나물 뜯는 댕기머리
깎아진 산과 춤추며
흙의 향기에 취하여 잠자리 눈방울 굴리며
취나물 찾으나 땀방울만 송글송글
봄의 푸름은 한강처럼 흐르는 여름

두봉의 가마바위 철쭉꽃이 반기고
조조봉의 팔도식단 펼쳐놓고 자랑하며
커피잔은 백록담이 휘젓고 지나가니
꼭지봉을 타도 상전 대접하려고 해도
취나물은 용용 죽겠지…

황혼에 던진 젊은 청춘이라
즐겁게 보내는 시간 잘 사는 게 아닌가.

– 갑산(546m)으로 나물 찾는 문학도

어느 주일 새벽

어느 날
비둘기가 물고 온
쪽지에 핀 장미
그 한 송이를 받고 서성인다.

붉은 장미 한 송이와
햇살에 눈을 부비다
사랑이라는 거 모르고 소곤거린다.
잡은 손 놓지 못해 하나가 된 우리
의지와 사랑으로
꽃은 피고 지고

해는 서산에 기웃거리고
여윈 몸 뒤척이며
잠은 온데간데 없어지니
하고픈 말도 다 나누지 못한 채
주고받던 향기만 밀고 당긴다.

고왔던 한 송이는

백장미가 되었으니

미안함은 가슴에만 피었다 지고….

– 외소한 아내의 모습에

몽유송원(夢有松園)의 한 줄기 시

하늘과 땅이 닿은 챌봉
비탈진 능선 아래 늘어선 소나무들
그 이름도 신기하여 하나하나 적어보니
'구운몽'에 나오는 아홉 여인의 모습이다.

첫 부인 정경패
황제의 양녀인 영양공주 된 소나무
아침의 태양처럼 솟아오른 듯하고
연꽃은 물에 비친 듯 보이니
미모의 인덕을 겸비한 모습으로 서 있다.

둘째 부인 이소화
남양공주 토라져 흥분하여 뛰어가다가
서서 보니 예쁘기도 한 한 그루 소나무
입은 옷 신선같이 세상 먼지 한 점 없구나.
하늘 비도 너를 두고 비켜서 가겠구나.

첫 첩이 된 전채봉
과거에 글솜씨 자랑하니

구사량의 난으로 등 돌리다 황궁의 재회로
만나 선 한 그루 소나무는
구름 같은 머리가 귀밑까지 늘어졌네.
옥비녀로 기울여 춤을 추는구나.

둘째 첩 가춘운
정경패 몸종 자매처럼 지내다가
서모왕의 시녀로 분장한 정분이 소나무
홍초의 입고 비녀 꽂은 머리
햇볕에 섰으니 선연하고 신선 같아 보이는구나.

셋째 첩 계심월
글솜씨 뛰어나 과거 급제할는지
그녀에게 묻는구나.
양소유가 과거 길 지은 詩 읽은 낙양의 명기
용모 단정하니 하늘에서 내려와 선 나무
치마폭을 펼치니 주색을 홀리는 듯 보이는구나.

넷째 첩 적경홍

활쏘기와 가무 능한 소문
연나라 정평에 남장하여 나서더니
한 그루 소나무되어
검푸른 눈썹에 구름 같은 머리하고
가느다란 허리도 낭군 오길 기다리고 섰네.

다섯째 첩 심요연
토벌 정벌의 자객 구름같이 선 나무
머리 높게 올려 묶고
한 송이 해당화되어
기다리는 소나무야 행복해 보인다.

여섯째 첩 백은파
솔바람 맞으니 귀에 들리는 소리
부채 들고 부치는 모습처럼 선 소나무
세상에서 찾겠는가. 신선처럼 아름답네.
남자라면 누구나 입가에 웃음 샘솟겠다.

한 그루 한 그루 그 모습 신기하다

바람 따라 요리조리 미소 짓는 모습 보니
모두가 나를 보고 양소유로 보는구나.
이 또한 나도 꿈이로구나!

* 여기 나오는 인물들은 함북정맥 끝자락인 호명산 챌봉(516m)에 세워진 잡목
  속 소나무 한 그루 한 그루에 붙여진 이름들이다. 이곳이 소위, '몽유송원' 이다.
  이 이름들은 김만중의 「구운몽」이란 소설 속에 나오는 인물이다.

– 호명산 챌봉(516m)에서

그대와 나

당신이 아름답다면
산도 당신처럼 보인다.

푸른 우듬지의 손짓에
반가워 달려온 꽃같이 핀 얼굴

흙 향기에 자란 나무들을 보면
사랑의 고백에 향기를 안고 달려온 당신

맑은 공기에 지저귀는 새들 소리는
싫든 좋든 받아주는 마음의 소리로 들리고

먼 산마루 보며 걷는 걸음
삶에 기로에 큰 시련이 지나고

적송(赤松)의 우람한 자태(姿態)를 보면
당신의 날렵한 그 몸짓의 기웃거림

산과 당신이 하나로 보이니

그 아름다움 푸른 하늘에 실어 보낸다.

- 수락산 도솔봉(540m) 앉아

불국산에서 불곡산이 된 산

가을의 잎사귀
구르고 떨어진 돌

산라 효공왕 때 선국사에 의해 창건한 백화암
동족전쟁으로 소실되어 재건된 백화사
가파른 그 계곡을 올라

황혼 길
헤집고 오른 고개 능선

떨어질세라 조심조심 악어등 타고 오르니
투구봉 정상이라.

펭귄 바위 손잡고 흔드니
동서남북 사방 숲속 집들 병풍처럼 펼쳐있고
눈앞엔 의적 임꺽정봉
훌쩍 뛰면 될 것 같으나 마음뿐
새가 아닌 게 다행!

– 불곡산(470m) 보루 9개소를 돌아서

백당나무에 핀 꽃 속에

맑은 하늘 보고
순결한 고운 자태 고운 마음
열두 선녀처럼 단장하고 둘러앉았구나.

웅덩이에 빠져든
진딧물, 개미, 벌, 나비, 하루살이, 딱정벌레…
향기로 유혹하니 그렇게도 좋으신가?
그곳이 꿀샘인가, 놀이터인가?

장구치고 노래하는 함박웃음 터지니
열정껏 쏟아놓은 분비물에 취하였으니
한 번 풍덩 빠진 자,
종말이 이렇구나!

- 은봉산(375m) 산마루에서

밤의 별처럼

밤하늘엔
유난히 빛나는 수많은 별
별 하나 별 둘 세다
허리가 굽은 오늘날
밤하늘엔 그리 빛나는 별이 없다.

저 별 속엔
유난히 맑은 웃음의 별 하나
모닥불 피워 놓고
멍석에 누워서 본 밤하늘
가슴에 쭈르륵 쏟아진다.

우연히 길에 핀
노랗게 옹기종기 핀 돌나물 꽃
봄을 밀치고 따가움에 옷깃 여민 날
가슴을 열어준 밤하늘의 별처럼
걸음을 붙들고 반짝인다.

임처럼 반짝인 그 별

별 셋에 멈춰버린 임이었는데
그 별이 내 손을 잡고는
낮에 별이 되어 반짝 웃으며
별 넷 별 다섯 이야기에 노을이 진다.

- 부용산 돌나물과 이야기

비금계곡

5월의 녹음
비단처럼 반짝이는
안골의 계곡
수정 같은 맑은 물에 목축이는
임을 찾는 새
그 울림소리 구슬프다.

옛 선비들 풍류를 즐기다가
거문고 감추었던 산
산은 옛길처럼 변한 것 없는데
기암절벽과 나무들
하늘을 찌르고 섰네!

비금의 산
계곡에 발 담그니
마음은 비단처럼 출렁이며
어제의 선비가 된 기분
가락이 샘솟는구나.

– 포천 주금산(813m)을 올라서

음산한 2월의 산

하얗게 덮인 눈
얼기설기 낙엽은 드러나고
솔 나뭇가지들 틈으로
햇살이 눈부시게 쏟아진다.

코로나는 뒷전이고
숲들이 주는 기운을 달고 날개를 펴고
자연의 정기에 위안받는다.

인해전술(人海戰術)인가
잣 고개에서 바람은 옷깃을 헤치고
계단으로 등을 떠미는데
정상은 멀고 표시석은 가깝다

잣나무 숲과 자작나무 군락지는
미세먼지로 만리장성 쌓아 올린다.
주저앉은 돌무덤같이
괴기스러움에 썰렁한 기분이다.

넝쿨은 옥쇄장(獄鎖匠)이 되어
생명을 잃은 나무와 발버둥치는 가지들
인간의 삶과 다를 바 없네.

– 남양주 퇴뫼산(372m) 정상에서

2월의 포도나무

지난날의 추억처럼
자랑스러운 가지들
이 팔 저 팔 잘려나간
피 흘림의 흔적은
비틀어 얽어맨 빈자리에
새순 돋아서
햇빛과 달빛 먹고 알알이 익어가는
숭고한 사랑.

희생의 검붉은 생명의 술은
인간의 삶에
긴 역사를 쓸 것이다,
포도나무 줄기처럼.
성스러운 삶을 위해
추한 것 잘라버리는 괴로움 잊지 말자,
내일의 행복을 위해.

– 용암산(480m) 네루골 포도밭에서

제 2 부

사랑은 몇 도일까?

고사목

하늘을 나는 새들도 나래 쉬는
위풍당당하던 그였는데
왜 저렇게 백골이 되어 서 있나?
살고 죽는 것
전능자께서 주신 것
그걸 모르고
계절 따라 누리고 즐기며 질겼는데
욕심과 오만인 줄 몰랐구나.
먹구름 속 새들도 울부짖었다.
바람도 꾸짖었다.
꽃들도 조롱했다.
무지가 병이로구나.
깨우침이 느릿하니
좋은 거목 될 수 없지.

– 고령산 수리봉(520m)에 앉아보니

4월의 설악산

강릉의 바람이
설악산을 떠밀고 있으니
오랜만에 울산바위를 쳐다보다가
옷깃을 세우고
사투의 길은 용감한 투우사

높이 솟은 꼭대기보다
데크 계단을 한 발 두 발 딛고서
울산바위에 왔다.
시를 좋아하는 이들
흔들바위 흔드니
너 나이가 얼마인데 조롱하듯 보이나?

세상에서 제일 강한 바람
날개를 달아주니 수십 길 낭떠러지
날 것 같다, 새처럼.

눈 쌓인 봉우리 올라서니
우리도 흔들거리고

산상의 유혹에 취해버리니 그럴까?
발길은 하나둘 눈 속에 묻혀 숨을 쉰다.

– 설악산(875m) 울산바위에서

겨울은 가는데 봄은 오는가?

계곡에 쌓이던 눈도 개울의 얼음도
밀려 도망갔는지 보이지 않는다.
아무것도 꿈틀거리지 않는다.

암봉에 뿌리내린 산수유 진달래
입술을 삐죽거리며
하늘 보고 활을 당기고 섰다

오색딱따구리 빨리 꽃 피우라고 장구 치는데
바람도 산린이 같은 마음 아는 척
얼굴을 간질인다.

* 산린이 : '산을 좋아하는 어린이 같은 이들' 이라는 신조어임.

– 수락산 국사봉(331m)에서

우의(雨衣)도 패션이다

기상예보는 비가 온다고 하는데
고집 센 노인들
가랑비와 더불어 정상을 향한 발걸음
하늘이 봐 주기를 믿으나
심술부리는 빗방울 뚫고
'광릉수목원'이란 간판, 입산금지라.

쏟아지는 비 피할 곳은 없고
산지기가 거하는 한 평 움막
눈치코치 실례와 동시에 들어서니
매캐한 냄새에 정신은 몽롱해지고
비닐 지붕에서 떨어지는 빗소리는
주린 배를 두드린다.

구수한 커피도
그 맛은 강 건너갔으니
하산길 춘실의 패션이 사람 눈길을 끌고
새처럼 훨훨 능선 길 난다.

– 남양주 천접산(393m) 정상 움막에서

최악의 산행

입춘이 막 지났으니 포근하리라 믿었는데
영하 13도의 바람은 야멸치게 불고
깎아지른 경사와 빙판
석화석의 남근 칼바위를 타고 오른 정상
진달래는 움츠리고
정상은 쉴 곳이 없다.

사방은 740여m의 자연석으로 둘러있고
병자호란 연천현감 이창조 청나라와 싸움에서
대승을 거둔 곳이라
거센 눈보라 아랑곳하지 않고 감격에 찬 산우들
북쪽을 바라보니 보개산과 고대산이요,
남쪽은 광활한 가사(稼事)평 벌판이 잠자는 듯
고요하다.
바람과 싸우다 승자도 패자도 없이 언 손 잡고
좋은 날 힘겨루기 약속하고 떠나온다.

– 성령산성(510m) 정상에서 바람싸움

사모바위

영하의 2월
맑은 날씨는 요구조건일 뿐
미세먼지로 덥힌 산야
춘대상 계곡의 물소리만 맑다.

능선에서 마주친 대권주자 문빠
지나치며 '안녕하세요' 구호뿐
정치권이 오늘 날씨가 아닌
맑은 날 되기를 국민은 바란다

거친 호흡은
비봉의 사모바위라
그리움 못 잊어
족두리봉 향로봉 한눈에 들어오는데
차디찬 정치바람은 뜬구름 같아

맑은 하늘 바라는 민족혼은
사모바위 모습으로 섰구나.

– 북한산 비봉(560m)에서

살았으니 운다

살아 숨 쉬는 계곡
울창한 숲과 나무들
바람 타고 춤추는 잎새들 사이에
닭똥 같은 땀방울은
물소리처럼 등을 타고 흐른다.

산의 상층부
습지 웅덩이인 갈대
이무기라도 나올 것 같다.
오리 두 마리 놀란 듯 날고
조용히 운다.

험준하고도 좁다란 길
광야처럼 개간된 밭
메밀꽃처럼 개망초 천지
매미 소리에 흰나비 너울대고
태풍으로 뽑힌 나무와
새들의 울음소리 고요를 깨운다.

정상이라 멀뚱히 선 소나무 한 그루
흐르는 한강처럼 신비스러우나
무언의 대화는
'나는 거짓이 없는데 넌 정직한가?'라는
외마디 소리에 눈물이 난다.

내가 죽으면
너도 죽는다.

– 무지랭이골 중말고개 앉아

깨 볶는 소리

한 철을 세상 모르게 고이 자란 몸
시끄러운 소리에 놀라 뛰쳐나왔다
따뜻한 햇살에 몸은 익어가고
깨소금 나는 향기로 몸단장했는데

냉한 철판에 차츰 뜨거워진 열기 속
서로 부둥켜안고 안간힘을 썼지만
몸이 날라 뛴다.
떨어지면 또 뛴다.

서로의 얼굴을 부비고
향기는 더욱 짙어지니
몸은 억눌러
눈을 흘긴 한 방울 사방으로 튀었다.
부둥켜안고 열기는 식는다.

- 추동공원에서

잣나무 그늘 아래서

높디높다 해도
그 무엇이 하늘보다 높을 수 있을까.
생명이 있는 것 없는 것
전능자의 그대로
지음을 받은 자 누워 하늘을 보다.

잣나무는 하늘 가리고 오만하게 섰고
붉은 소나무 거만 떨지 말라고
손사래 치며 눈길을 준다.

백골이 된 소나무
오색딱따구리 쪼아 대지만
아프다고 소리도 못 친다.

간간이 불어대는 바람에
몸을 움츠린다.
풀들도, 나무들도, 사람들도, 나도.

– 용암산 통나무 쉼터에서

별이 된 개다래

까맣게 한바탕 쏟아진 비에
뒤덮은
잎사귀들 먼지 털고
햇살을 맞이하고
6월의 천마산
나무들 기뻐 춤을 춘다.

계곡의 물도 우렁차게
흘러간다.
우리도 귀를 열고
천둥소리 듣는다.

별이 된 개다래 잎
바람에 나폴 거리며 별처럼
반갑다고 손짓하는 그 모습

우리도 반짝이니
절로 젊다.

– 천마산(812m)에 핀 개다래

김유정과 금병산

김유정 작가가 태어난
실레 마을을 두른 산 금병산
정상에서 보니
마을이 초가로 시루떡처럼 놓였고
김유정 소설 속 지명들이 눈에 들어오니
만무방에서 논을 훔친 수라이 골
산신각 있는 음산한 길이며,
울창한 숲속으로 편하게 오른
바위 없는 육산 길이며,
'산골'의 사랑 고백한 수작 골
일본잎갈나무 소나무 참나무 잣나무
하늘 가린 굴 따라 오른 길
금쪽같은 공기 가슴에 꾸깃꾸깃 넣고
산비탈 하산 길들어서니
사랑을 호소하며
칭칭 두른 칡덩굴 잎사귀
햇볕을 거슬러 바람에 흔들리니
흰 꽃처럼 피어나는구나.

'소낙비'에 남편 위해 맨발로 도라지 더덕 캐러 짚신 신고 비탈길 뒹굴던 곳, 신갈나무 잎을 신발에 깔고 걷던 길은 그 나무가 하늘을 가리고 있다. 정상에서 둘러본 초가 마을을 가슴에 안고 내려오니 '가을'의 소장수 복민이가 아내를 팔고 도망친 고갯길 소나무 군락지에서 잠깐의 휴식 후 메론포도가 주렁주렁 달린 하우스에 입맛을 당기다 김유정 전시관을 관람, 사나래 식당의 닭갈비로 허기진 배를 채운다.

- 금병산(652m)에 올라보니

호수에 앉아

말이 없느냐, 호수여
지나간 모든 세월
잊어버리고 빼앗겼던 시간
아름다웠던 젊음
폭포처럼 지금도 쏟아지고 있는데
자연은 그대로구나.
흐르는 시간이 보여준 머리카락
살랑거리며 지나는 미풍에도
호수에 비추인 젊은 나무들
주름으로 가득하구나.

능수가 늘어진 망루
손잡고 향나무 숲길을 지나면
너처럼 고요한 수면의 부드러운 은빛의 빛깔
흐느끼는 갈대는
그날의 추억과 기록을 보는 듯
어제를 풍경 속으로 묻어버리고
숨을 쉬는 대지에 던져버리자
영혼의 따뜻한 향기에 취하여

호수에 몀을 감아보자.

– 벽초지 호수와 하루를 즐기며

신륵사를 찾아

산기슭 조용한 곳
여주의 여강이 흐르고
멈춘 곳 넓은 들 자그마한 봉미산 자락

원효대사가 꿈에서 만난 노인이
신성한 가람이 설 곳이라
그 터에 지은 천년 고찰 신륵사

고려의 학승인 김수온
산이 맑고 물이 아름다운
높고 서늘함을 겸비한 사찰이라 칭찬했고

나옹화상과 고승대덕이 수도하던 곳인데
나옹스님이 심은 600년의 은행나무와 향나무에
저녁이면 들리는 은은한 종소리
중생들 씻은 마음 흐르는 여강에 띄우니
강물되어 넘치는구나!

– 봉미산(야산) 타고 흐르는 여강

흔들리는 詩들

백봉산을 오르나
詩에 흠뻑 취한 황혼의 산린이들
등산객의 쏟아지는 칭찬은
불어오는 바람보다 시원하다.

詩가 나뭇잎에 대롱거리니
詩가 발목을 잡고 흥청거린다.
나 잘 나슈 못 나슈…
그 소리에 한 번 더 읽어 본다.
하늘은 비 한 방울 없는데
시판(詩板)에 눈물이 똑똑 떨어진다.

사람 사는 직업이
여러 분야로 어우러져 있지만
시인은 고독해 보여도
보는 이들 가슴에 담으니 행복하다.

– 백봉산(590m) 정상을 오르며

산처럼

흙의 진한 향기에
생명은 즐겁고 행복을 즐기는 산,
산을 밉게 보려도
미움이 가지를 않는다.

하늘이 푸르면
녹음이 더 짙어 보이고
나뭇잎들이 반짝거리며 춤추니
새들의 지저귐에
노래를 부르고 싶다.

푸르고 젊게 마음도 깨끗하게
모두를 어우르니
계절에 즐거움을 느끼며
모두가 친구처럼 포용하는
산처럼 영원토록….

– 죽엽산(601m) 정상에 서서

산길 따라 심고

길을 누가 내었을까?
처음 사람도, 다음 사람도
목표가 보이기에 걸었다 섰다
어려움도 고통도 초래하다.
혹시는 잊을까
특정한 표시도 이름도 붙이며 걸었다.
인내를 통해 성숙해지고
삶에 가치를 찾았다 헤맨 흔적
속내의 역사가 그려진다.
바위 하나 죽어있는 것 없고
나무 한 그루 같은 것 없으니
모두가 바쁘게 살아온 길
숨차고 허기가 지면 전망 좋은 곳 찾아 쉬고
이름 모를 풀과 꽃
외로운 소나무는 돌쩌귀에 뿌리를 박고
친구가 되어 새들은 잘잘거리며 노래한다.
이렇게 사는 멋
걷다 보니 그 길이 살아가는 길이라고.

– 수락산을 오르며

무궁화 꽃이

초여름 바람 속에
매미도 아이들도 푸른 잔디 손잡고 뛰어다니며
"무궁화 꽃이 피었습니다."라고
놀이에 맑은 웃음보이니

어린 날의 임들도
무궁화 꽃 피우고 피어 왔겠지.
흙과 친구가 되지 않았다면
저 아이들처럼 고은 웃음꽃을 피우겠지.

이제나 저제나
남은 남대로 북은 북대로
무궁화는 피겠지.
세계만방에 무궁화 꽃이 피어라,
저 밝고 맑은 아이들 소리처럼.

– 물사랑 공원에서

무게

육중한 바위 서성이던 구름
가느다란 나뭇가지가 받쳐주고 있다.

마음을 우울하게 하는
크고 작은 설익은 얘기들
하고픈 말들 걸러내는 바람이
천지를 흔드니 솔로몬이 기다린다.

바위에 홀씨 세포 뿌리박은 나무도
주어진 시간을 걷는 무거운 발걸음 소리 듣는지
생명의 열기로 살려낸다.

생명은 전능자의 것
훼손도 자해도 자신이 할 수 없는 것
하늘을 보는 마음속 거울에
비춰보는 순수의 그 자리
아무리 무거워도
귀를 막고 그 자리에 기다려야지….

– 수락산 흑석봉(360m)에서

사랑은 몇 도일까?

몇 도이기에
덩굴도 어깨가 처져있고
계곡의 물도 뜨거워진 바위가 삼켜 버렸으니
향로봉 바라본 얼굴 달아오른다.

안전을 위한 보호막인 나무틀도, 고무줄도, 파이프도
뙤약볕에 녹아들어
잡은 손이 익어간다

우리의 삶이 이처럼 뜨겁게 달아오르는
향로봉이 되기를
한발 한 걸음 걷지만
임의 품이 이토록 뜨거울까.

– 북한산 향로봉(535m)을 오르다

푸른 숲길

맑은 하늘길 아래 푸르른 숲길 외롭다.
계곡물 울음소리 저렇게 아파할까.
펑펑 쏟아내는 소리길이다.

어찌나 처량하던지
가난을 못 견디다 시집가는
누이가 내어놓은 소리길에는 공기를 찢어대는
식구들 이름 하나하나에
가슴 매어 부르는 소리길이다.

매미들 목 터질 듯 그렇게 서러울까.
온 숲을 흔들대며 내일 생각에
죽는 날 세어 가며
해 지는 것 흥정하는 소리길이다.

가다 섰다 외로운 길 정상은 보이는데
해는 저물어가니 묻고 싶지 않구나!

– 수락산 백운계곡에서

멋쟁이 소나무

그대가 아름다우니
그대를 보는 나도 멋쟁이.

그대의 모습 경이롭지만
살아온 날들이 냉기와 바람 속의
그림자인 듯

힘겹게 삶은 텅 비었고
어지럽게 이리저리 휘어진 가지들
약하고 초라해
다시 일으켜 세우고
가다듬어야지.

누군가 알아주고
쉬어가게 하니
쉼표 하나 찍고 손 흔든다.

– 고령산 앵무봉(622m)에서

제 3 부

거울 속 핫바지

당신들도 저처럼

연무에 산야는 숨겼고
숲들은 푸름을 살며시 드러내는데
촉촉이 젖은 흙길
싱그럽지 못해 코끝을 찡하게 한다.

까르르 깍 우는 산새
이파리도 멍한 바람 몰고 오니
사랑의 망개잎 맺힌 방울 방긋하다.
쪼르륵 날개를 편다.

길 잃고 헤매는
허리 굽힌 나무들 미끄럼타고 내린 듯
길게 뻗은 마을길에 여기저기 섰으니
갑옷 입은 장군처럼 늠름하다.

모두가 젊음보다는
늙은 미가 아름다워 보여
망개구름 앉을 듯 말 듯하니
망개잎이 사랑의 손을 흔든다.

– 장흥 호명산 수리봉(520m)에 앉아서

7월이지만

북한산 대동문 이르는 길
좌우엔 협곡을 이루고
등고선 괴암에 꽂힌 진달래 꽃은 지고 없지만
늘어선 꽃나무들
그리움을 불러본다.

어깨에 멘 책보
분홍 얼굴 부비며
오가던 능선 길에 피어난 진달래
꽃잎 따다 엄마 드리면
저녁상 두견주 아버지 밝게 웃으셨지.

붉은 태양열에 끓는
냄비 속 찌개 국물처럼
등골 타고 흐르는 땀 훔치며
열병 들린 가슴 안고
식구들 그림 속에 왔구나!

– 북한산 대동문(503m)에서

층층계단을 오르며

여름날 여성봉 향한
바람과 새소리에
층층계단은
조약돌이 놓이고
나무데크가 구름에 가려 저물어간다.

나그네의 길목에 선
산과의 만남은
이제 그림자는 조각난 거울이다.
앞을 알 수 없는 것들에 싸여
맑은 하늘에 소낙비처럼 개었다 흐렸다 하는
계단을 수없이 걷는다.

쉽게 오르는 그들을 보는 난
엄습한 부끄러움이
희망도 생명의 존귀도 아름다움이 멀어진다.

여성의 생명선 모양의 바위
떠오르는 얼굴들이

그 날의 행복 일깨움을 가져다준다.

– 도봉산 여성봉(507m)에 앉아서

백운대에서

흰 구름이 늘 걸쳐있는 산
여름날 133계단을 오르니
한 계단 오르면 까마귀 발맞추어 울고
높게 축성한 성곽은 숙종 때 37년 피가 흐르고
일제의 잔재는 바위에 쇠말뚝이 말하고
민족의 혼이 흐르는 곳
정개용이 새겼다는 3.1의 암각문
암봉의 기암들 절경이 말하고 섰다
인수봉 만경대를 바라보니
사슴의 뿔처럼 보이고
남쪽의 노적가리 쌓아온 노적봉이며
동쪽은 수락산 불암산이요
사방을 둘러있는 도심은 한양이 도성이라.
시간이 흐르니 이곳에 묻히고 싶다.
삶이 이렇게 행복할 수야
행복한 도성에 사는 임들이여
민족의 혼으로 살자.

– 도봉산 백운대(856m)에서

도깨비 춤추다

어둠이 깔린지라
소식들 왕래가 왕성하다.

모두의 노리개는
깊은 잠속에서도 제 세상인 듯 설치고 다닌다.

붉은 눈을 부릅떠도
혼미한 가운데 잠은 또 다른 세상

도깨비는
미국 땅 밟았다.
서울 부산 분주히 널뛰기한다.

껌벅껌벅거리며 도깨비는
네가 죽음 앞에 서서
마지막 순간
전화를 주고받을 친구가 있느냐고 묻는다.

밤이 이슥하도록 찾았으나

찾지 못하니
도깨비 비웃으며 문을 닫는다.

부용산이 밝아오니
카톡카톡이 잠을 깨우고
하루의 흐름이 시작된다.

- 잠깨우는 04시 카톡

쥐똥나무 꽃

흔드는 바람은
사랑이 그리운데
본체만체 지나는 그대에게
사랑한다고 하지만

예쁘지도 않은 꽃
구름 속 하얀 밥풀같이
넘실대며 향수를 퍼붓는다.

여기저기 뒹굴며
갖은 아양을 다하는 꿀벌들
외면 잊은 채 사랑을 나누며
모든 것 내어준다

사랑도 한때인 걸
사랑 향기 풍기는 쥐똥나무꽃.

– 도정산(290m)에 오르며

상소랭이 골 돌의자

뜬구름 잡지 않고 세찬 바람이 불어도 등 떠밀리지
않은 자유로움
시기, 질투, 모함도 견디어 온 자리
시궁창 냄새가 있었던 자리

미련이 있었나.
발길이 떨어지지 않아 돌아보고 돌아보다 돌의자
되었네!

어제의 권좌가
오늘은 소리 없는 무덤이다.

– 천보산(337m)을 오르면서

숲길에 그 바람

촉촉이 젖은 마음
올라야 할 산이기에
발걸음도 가볍게 그 길을 걸었네.

새소리 매미소리 가려가며
듣고 또 들으며 머뭇거리며 뒤돌아보는 아쉬움
주신 사명 두려워 바람에 밀린 걸음일세.

바람이 지나는 길
때로는 발 아파도 잠깐의 고통일 뿐
만남이 있는 정상 슬픔도 잠깐인 것을

돌아가는 젊음은 후회일 뿐
푸른 잎새들 반겨주는
노을 지는 그 길이 생명의 길
숲길 속 바람 따라 걷는 즐거움이 영혼의 길이네.

– 굴봉산(307m) 바위봉을 오르며

계곡물에 발 담그니

하늘을 가리고 선
습지성 낙엽활엽수 틈에 꿈틀거리는
쏟아진 햇살이 자색의 파도처럼 물은 출렁이고
비추어진 그림자 속엔 벗님들이
까까머리 댕기머리 검정 치마 하얀 저고리
환히 웃고 뒹굴고 있구나.

물처럼 흐르는 세월
여리고 곱던 임의 얼굴
파란 하늘처럼 맑고
계곡처럼 파이어진 주름살
지난날들 이야기하고
어제의 소꿉놀이 고였다 흘렀다 하는가.

계곡에 흐르는 물도
노을에 물들어 가는구나.

                                    – 청계산(620m) 원터골에 발 담그니

산자락

산의 아름다움은
자연의 순리와 질서에 만들어졌다
높고 낮으며 계곡이 있고
계절의 변화에 따라 생태가 다르다.
그들의 향기와 사랑의 소리는 아름답다.
그래서 산을 사랑한다.

산을 오르며 모두가 친구가 된다.
식물은 꽃을 피우고
바람과 곤충 동물을 통하여
사랑을 속삭이는 가운데
군락지를 이루고 어우러져 있다.
자랑하듯 방긋이 웃으며 인사들 나눈다.

산의 꼭짓점엔
성장의 늠름한 모습에 찬사를 보낸다.
신의 기운을 안을 수 있어 좋다.
나를 본다.
우린 언제 이들처럼 향기로운 꽃을 피웠는가!

이들처럼 이렇게 정직하였는가 묻는다.

　　　　　　　　　　　- 철마산(711m) 정상을 오르며

e-골 때리는 세상

이들의 한 판 속에 벌어진
세상은 질서를 무너트린
고스톱 난장판

잡다한 말싸움
얼굴은 볼그댕댕한 눈으로
따먹느냐 따먹히느냐
그 설전의 표정들은
골을 때리고 있다.

카랑카랑 들리는 소리는
경제가 죽어 가는데 무슨 소리냐고
그러다 야, 똥 줍고 광 땡이라고 무릎 친다
너 넌 피박이라고

그 간판은 'e 골때리는 세상'
상점은 늘 봄날이기를 원하지만
막걸리 사발의 희뿌연 물결은
e-골때리는 세상을 돌고 돌아

오늘의 힘겨움을 쏟아낸다.

토요일이면 대학로 광화문에서
파도의 물결은 보수 진보가 출렁인다.
아무리 골때리는 세상이지만
딱 더도 덜도 아닌 자연을 벗 삼아
피어난 패랭이꽃들을 보라

여러 가지 색의
꽃을 피우나 말이 없다.
순하고 억센 바람에 춤을 추어도
웃고 즐긴다. 그들은.

– 의정부 다리목 공원 앞 상점

광안대교를 걷다

섬과 섬이 하나로 묶인
출렁이는 긴 다리
갈매기와 바람이 친구한 중간지점
바다와 하늘이 묶인 수평선
물끄러미 바라본다.
꼬맹이 엄마 손을 잡고 간다.

그 넓은 마당 한가운데
득시기를 펼치고 말리는 들깨며 콩 참깨를 털 때
뜀박질하며 놀던 나
역정 하나 내시지 않고
마당에 뒹구는 곡물을 하나 둘 주으며
허리를 펴시며 웃으시는 엄마

밤마다 젖 만지며 잠들곤 했는데
삼형제의 자취생활
먹을 것 찾느라 제비 새끼처럼
입 벌리고 있으면 어찌 알고 왔을까?
그 먼 길 버스 타고 기차 타고

와 계시는 엄마

팥밭 정구지밭 호박 줄 넘기다
빨간 산딸기 따주시던 엄마

지금 난
흰머리 날리며 다가온 파도바람
가슴이 터지도록
고무동 뒷산에 묻고 온 어머니
불러본다. 바람은 손수건을 날리며….

– 어머니 장례를 마치고

거울 속 핫바지

명경에 그려진 그림
그 모습 검버섯 구름
지난 세월의 그림이라면

그 모습은
해맑고 발랄한 핫바지이었지.
어디 뛸지 모르는 젊음일 뿐
내일의 두려움 없는 시간들

지금은
미련도 없다.
후회는 후회일 뿐이고
삶의 한 줄 이야기일 뿐
단지, 최선을 다하지 못한 게
자신에 부끄럽다

오늘은 하고 물으나
어딘지 헤매고 있는 핫바지일 뿐

수종사의 범종

구름도 지나다가
산마루에서 쉬었다 가는 산
흐르는 강물을 바라보며
바위 굴 떨어지는 물방울 소리
그 소리가 범종의 소리라
수종사가 되었다.

두물머리에 머물다
왕건도 기 받아 조선을 세우고
세조는 팔도방백에 명하니
그날에 심은 두 그루 은행나무 500년이요
다산 추사도 다선묵객들 당색 담론으로
사회변혁의 꿈 이룬 곳 이곳이 명당이라
서거정이 찬탄한 천하명당
그 종소리는 수종사라.

– 구름도 멈춘 운길산(610m)을 오르며

촛대봉을 손잡고

하늘을 찌르듯
송곳처럼 솟은 바위 손잡고 보니
촛대봉이라
그 아랜 금룡사
통일을 염원하는 18m의 부처
암벽엔 일천 개 넘는 불상
이순신 장군의 후손인
지담대사의 수행처라고 하니
고요는 적막도 뒤흔들고
산새도 매미도 울음 그치었다
그 옛날엔 금도 캐고
궁예들이 닥나무로 한지 만들던 곳
촛불은 꺼지지 않고
희망의 촛대봉엔 금빛 불 밝다.

– 금주산(568m) 정상에서

빗돌대왕비 아래 가을 음악제

누렇게 펼쳐진 들판
가을의 풍성함에 농부처럼 가슴이 뿌듯하다

감악산 들머리 법륜사에 들려
백두대간의 금강산 분수령 한북정맥의
잣나무 숲과 참나무 숲
숯 굽는 사람이 산 터전이며 가마터 지나
얼음골 허리능선과 고릴라 바위에 팔각정에서
흐르는 땀 순식간에 씻어내고
신미와 신령스런 바위 사이에 흐르는
검고 푸른빛의 경기 오악의 산
정상에 오르니 반겨주는 캐릭터
고인돌의 상징인 고룡이와
희망과 발전의 상징인 미룡이가 손 흔드니
우뚝 선 연대 미상의 빗돌대왕비
넓은 헬기장은 산꼭대기의 음악제라
기악의 소리 계곡 따라 넘실거리니
수십 길 낭떠러지 임꺽정 굴이며 장군봉 얼굴바위봉
을 지나니

칼 돌은 빠이빠이 흙길이 시작이니
동양 최대의 백옥의 관음보살상
구층 석탑과 불상 앞 합장의 손길들
통일기원 드리는 손 고와라

산을 사랑하는 이들이여,
나라 위한 기도로 즐기고 맞이하는 국민이 되자.

– 고룡이와 미룡이가 만난 감악산(675m)

해탈의 문

먼지도 털어버린 산야
인간은 버릴 것이 태산이니
중생들의 걸음은 분주하지만
눈과 귀, 보고 들어야 하고
코와 혀, 맡아야 하고
입은 놀려야지만
몸과 마음이 즐거워한다.
산다는 것 삶에 묶이여
좋다, 나쁘다, 그저 그렇다고
대답을 미장하지만
누구나 번뇌 속에 머뭇거릴 것이다.

당신과 난
괴로움이 있고 즐거움이 있으니
삶이란 무엇일까?
과거를 돌아보고 있는가.
미래를 점치고 있는가.
현재에 만족을 위해 눈을 부릅뜨고 있는가.
누구나 번뇌 속에 고민할 것이다.

고승 원효대사는
심산유곡을 찾아서 이곳에 짐을 풀었다.
보라!
온 산이 붉은 피를 흘리고 있으니
하나둘 더러워진 옷 떨어트린 108계단
선을 위한 생명을 버린 것들
한 계단 한 발자국을 옮길 때 들리는 목탁소리
어제와 오늘 그리고 내일의
세월을 셈하니 단풍이 가르침을 주네.

– 소요산(536m) 108계단 오르며

바위 하나로 된 불암산

겹겹이 담은 암석
보기도 각각이라.

손 모아 지극정성
자식과 나라 위한 기도하는 모습
비바람이 머리 날리니
나뭇잎 모자 썼구나.

으르렁대는 호랑이
밤낮으로 지켜오고
복 받으라 비는 두꺼비바위
치마폭에 안겨있고
쫑긋 새운 쥐새끼 길한 쪽 가리키네.

희끗한 바위들
수년을 지키니 석불이 되었구나.
이를 본 불자들
부처라고 부르니 불암산이라.
한양승지 기도하는

명산이 되었구나.

– 불암산(509m) 정성에서

얼룩지고 깎아지고

아지랑이 피는 봄날
독터골에서 마차산을 올랐다.

솔향기 자욱한 잣나무 숲길 따라
어울린 영혼들의 걸음
가파른 길 위에서 손 흔드는 구름
바람길 따라 흐르고
파도 타는 소나무 춤추니
등골에 땀은 만등의 바람이 씻어준다.

산마루에 꽂힌 표지석
삼신할미 옥비녀 구슬 굴리며
나라 위해 빌던 수리바위에 섰으니
신령한가! 귀가 쫑긋 서고
마음은 요동치고
흐르는 녹색물결은 마음을 쓸어간다.

수십 길 암석봉우리
바위틈에 꽂힌 나무들 꽃피니

그 생명이 마음에 잡티를 털어버린다.

– 마차산(588.4m) 정상에서

백제의 왕이 제 올리고

백두대간을 이어온
한남정맥의 뿌리의 검단산
백제의 승려 검단선사의 도량처라 붙여진 이름인가.
백제의 위례성 왕이 하늘 향해 제를 올린 산
동국여지도엔 鎭山이라 했으니
용골 약수물 한 모금이 돌칼 비탈을 오르며
잣나무 소나무 쉼터
청머루 바위를 지나니 천지가 한 눈이로구나.
산 아래 펼쳐진 그림
동우리 막대머리엔 북한강 남한강이 의좋게 마주하나
굽이쳐 흐른 물 팔당뎀에 갇혔구나!
물길은 아름다움이 넘실거리고
동엔 예봉사 운길산이 솟아있고
서엔 빨랫줄처럼 놓인 중부고속도로며
남엔 용마산 해돋이 서울시민이 모였구나!
북엔 도봉산 북한산 그 봉우리
나라의 힘을 자랑하듯 용맹스럽게 썼으니
과연, 명산이로다. 한강이 명물이로다!
조선의 한양, 서울이 이렇게 아름다울까.

— 검단산(657m) 정상에 앉아서

언제 낙엽이 되었니

넌 언제 낙엽이 되었니?
능선 타고 골짜기로 뒹구는 낙엽아,
돌계단에 납작 엎드려
바들바들 떨다 힘겨운 듯
바람 따라 가느냐?
따르르르르 그 소리도 구슬프구나.

눈물이 메말랐구나.
얼굴이 누렇게 익었구나.
크고 작은 시절 서로 어울렸는데
누가 먼저라고 할 것 없다.
친구들이 서로 좋아 묻혀 살았는데,
어디로 어디까지 갈까?

갯바람에 밀려서
자갈치에서 서울까지 날라 왔는데
오늘은 또 하니 축령산이로구나!

– 우의 입고 축령산(886m)에서

제 4 부

마지막 노을이 질 무렵

산새 좋아 올라보니

여름날처럼
맑고 조개구름 열린 하늘
붉은 옷 벗은 나무
새들도 계곡의 물소리도
하늘처럼 맑다.

꼭지능선 보여도
해발 683m를 향해 깎아지른
칼돌 사이로 누비느라
등줄기 흐르는 땀

하늘 닿은 계단을 수놓으며
오른 정상, 굽이굽이 흐르는 한강
사랑하는 사람을 만나듯 하니
천하가 아름답다.
선조들의 지명에 놀라워
넓어진 이 마음.

– 예봉산(683m) 정상에서

강아지풀 꽃

흙내음은
맑은 하늘에 비늘구름처럼
쌓였다 걷혔다 하며
길섶의 강아지풀
뽀송뽀송 털바람에 꼬리 흔든다

열 살 꼬마시절
놀러갈 땐
꼬리 치며 따라나선
누렁이와 술래놀이하며
숨었다 뛰었다 꼬리치는 것 같다.

맑은 하늘엔
솜털구름 서산에 넘으니
강아지풀 꺾어 귀에 간질이며
옷소매에 코 훔치던
그날을 그려본다, 팔순에.

– 부용산(214m) 송산사지공원에서

왕비의 애환

붉은 소나무숲 이루고
고운 단풍, 금잔디 덮은 산
새도 기웃거리는 이곳
가신 님 깨우려나, 걸음도 조용해라.
단종님 노산군이 되더니
영월로 쫓겨 가고
청계천 영동교 생이별이 될 줄이야.
궁궐이 초막되니 온풍도 싸늘하고
이제나 저제나 기약 없이 기다리다
억울하게 떠난 임을 어이 잊으랴.
거북바위 올라앉아 세월 한탄하니
임의 소리 들리려나,
들려오는 회오리바람
한 많은 이 몸은 눈조차 감지 못해
자줏물 들여서 생계를 이어가니
민초들도 아는지라
싸리문에 가득한 민심
과일 채소 이 생명 살려주나.
자식조차 없는 설움. 64년을 바라보다

세조 말년 나를 알고 집 주어도
쓸쓸히 죽은 낭군 생각하고 생각하니
18세 꽃다운 나이 죽지 못해
기다리다 백발되어 82세에 가셨다네.

- 단종 기다리다 누은 사능에서

살아보니

모르긴 하지만
만세전 선택받고 태어난 사람

긴 세월
가는 이 붙들고 오는 이 잡고
하소연의 행복감이
어떨 땐 길이 되었고
어떨 땐 강이 되었고
어떨 땐 산이 되었다.

후회도 원망도
걷다 보니 건널 수 있었고
걷다 보니 오를 수 있었고
추우면 양지를 찾고
더우면 그늘 찾아 걸으니
두려움도 잠깐처럼 지나갔으니
전능자의 손에 잡혀
할 수 있다는 용기와 믿음
팔십 해를 하루같이 살아왔구나!

– 부용산 시민정원에서

그대만 있으면

가을이 좋구나!

바람 따라 산 넘고
강 건너 왔으니
온몸은 붉고 노랗게 되었네.

목숨 걸고 키워 온 것
탐스럽기도 하고 아름답기도 하구나.

임의 잔상을
벗어 버리라고 하니
밉기도 하고 아쉽기도 하구나.

임은 말하는구나
너무 오래 지니면 겸손도 없고
거만하고 오만해진다고
아니, 교만하다고 그러는구나.

그래서 홀가분하게 벗으려고 한다.

이제는 벗어버려도 춥지는 않겠지.

그제는 혼자이었으나
지금은 혼자가 아니니까.

                                    - 상계동 수락골에서

토담 길 전등

꾸부렁하게 선
호야등불
비바람을 마다 않고
미로의 길도 선명하게 하니

가만히 있으면
우둔하고 멍청하게 토담길 걷는 이
때때론 고마움도 잊고 사나

호야등불은 마을을 밝히고
우리 삶을 지켜주니
환각의 어지러운 네온보다
토담길 지키는 착한 친구

임의 정으로
걱정 근심 떨쳐버리고
친밀한 사랑 나누며 살기를….

– 중계동 달동네 새벽길

마지막 노을이 질 무렵

편안한 하루 잠과의 시름 속
기뻐하라 鍾아
(………)
마지막 노을이 질 무렵
낙심과 절망이 다투는 시간,
내려놓을 준비는 끝났다.
아기 예수님의 탄생은
세계를 즐거움으로 행복해하는 가운데
宣告에 선 나
웃으며 들어선 선구자
없습니다. 깨끗합니다. 1m를 떨어져서 하는 말엔
주인 되신 그분은
해요, 해봐요
방패이신 여호와는
은혜와 영화를 주신다고 한다.
할렐루야~~~
눈을 뜨니 환하게 떠오르는
황금사원의 금색 빛
마음 문이 열린다.

하루하루를 일 년같이
한해를 넘기자.

– 암 수술 후 회복실에서

잠을 놓친 아침에

2018. 11. 02. am7:30
열세 평의 방
째깍째깍. 누가 말을 거는 걸까.

친구들은
시계 거울 컴퓨터 책 핸드폰
밤과 낮을 알려주는 전등

핸드폰을 열어도
컴퓨터를 켜도
책을 읽어도
친구는 될 수 없다.

한 통의 전화
목소리에 정이 흐르고
숨 쉬는 소리 생명이 살아 있음을
그제야 느낀다!

가녀린 어깨 들먹이며

감지 못하는 두 눈
푸른 시간을 삼키며
어디로 가야 할까.

– 어느 겨울 날

묵묵히 걷자

묘지 위에
타버린 흰 목련
따가운 햇살의 혈맥을 타고
덧없음을 뒤로하고 날리네

영혼을 손짓하는 소리
맑게 피어난 나에게 난도질한 손길은
용서하려 해도 용기가 없다.
가슴을 치더라도
돌, 하나라도 먼저 던지지 말자.
어제처럼 새날을 위해 걷자.
묵묵히 그리고 당당하게
위를 보고 걷자구나.

해는 뜨고 지니까.

- 덕능고개에서

백 년을 달려가네

언젠가는 가야 할 길
아등바등 걸어온 길
내일도 모르고 꽃비처럼 걸은 길

철 따라 피는 꽃길
서로가 부축하며 넘어질까 손을 잡고
길 따라 왔는데
세월은 모른 척하는구나.

눈처럼 고운 마음
햇볕에 사르르 녹는 마음인데
찬바람이 휙 지나가도
쑤시고 아프다면
하나뿐인 정
약손이라며 만져 주기도 하나
마음의 정 그 향기도
백발이 갈라놓으려 하네.

– 아내와 의견추돌과 사폐산 정상에서

인생은 짧다고

왜, 그렇게 생각에 잠들까?

천금 같은 별을 땄는데
부모도, 형제도 알게 되었는데
친구도 사귀고 이웃도 생겼는데

왜 그렇게 있나.
미친 척하고 크게 웃어 보려무나.
당신이나 나나 받은 복은 하나
자신도, 남도 미워하지 말라.
내 탓이라고만 생각하렴.

들리는구나
뒹굴며 오는구나
잡으려무나. 주어보려무나.
들리지 않으면 정신을 차려보렴.
보이지 않으면 눈을 더 크게 떠보렴.

들리지 않고 보이지 않으면

모든 것 벗어 버려라. 내려놓아 보렴.
무겁지 않은가.
아직도 늦지 않았다고 하는구나.

– 현인릉에서

돌계단

조개구름 놓이듯
한 계단씩 놓여 있지만
자운봉 촛대 바위의 아름다움

구렁이처럼
하늘 보고 놓인 계단
사람들이 밟고 오르는 그림 속

괴로울 때가 있고
반가울 때가 있었고
안타까울 때도 있었다
자연은 듣지 못하는 듯 죽은 듯 있지만

우이암 오른 기쁨
날개 없어도 날고 싶으니
가져온 세상의 것 바람에 날리니
내일의 밝음을 마음에 담고.

– 북한산 우이암(542m)에 앉아서

넋두리

얕은 계곡이라도
계곡은 흙냄새가 찐하고
목숨줄은 얼어붙어
발길의 흔적 속엔 세상이 지나가고
어제의 일들은 오늘에 바뀐다.

세상 바람 소리는
저! 수많은 나무계단
수 없이 밟고 올라야 하니
지나간 자취의 생사 생각하며
거기에는 무엇이 있을까?
행복만이 있었을까.
괴로움도 있었겠지….
기쁨도 슬픔도 지났으니
새해의 오른 숲속
풍경은 쨍하게 반기는데….

– 마을 뒷산 효자봉(177m)에 올라

새날의 한강봉

호명산아
청양의 해 밝았다.
쌓여있는 조개구름 속
바람은 계절을 속인 듯 보여도
저 해 맑은 웃음
눈도 사르르 녹아내리니
따사로움이
걸음도 멈추게 하는구나!

아이들아,
길 잃은 양 되지 말고
주인의 음성에 귀를 기울이자.
생명을 꽃피운 예수의
온유한 성품으로
행복한 이웃을 만들며 살자.
고독을 즐기는 인생이 되자.
감사와 기쁨으로.

— 영하의 호명산 한강봉(474m)에 올라

도봉산을 품에 넣고

사계절 어느 때나
휴일이면 들떠 오른 트레킹 신발
지근지근 밟으며

자운봉을 향해
우이골 무수골 원도봉골 다락원골 회룡골 송추골에서
모두가 혹한의 기온이나
발자국에 맺힌 빗방울 씻으며 오르니

쌓였던 세상사 굽이치는 한강으로 흘려보내며
삶의 질을 높이려고 암봉을 품으니
기암절벽의 굳게 선 소나무도
산다는 생명력을 자랑한다.

자운봉은 살아 숨 쉬며
올라온 능선 길 돌아보라고 한다.

막걸리 한 사발 휘휘 젓고 가는 바람
오장육부에 전율을 일으키며

쌓였던 희로애락을 묻어 버린다.

— 도봉산 자운봉(725m)에서

새해의 첫 산행

갑오년의 새 아침
하얗게 천지를 덮은 눈을 헤치며
오른 산

고려 때 어느 도사가 쳐다본 산은
흰 구름이 중턱에 걸려있네
구름 타고 오르는 용처럼
능선을 따라 그려진 그림들

멋들어지게 선 소나무
눈보라 피하느라
한강을 굽이치는 모습이 지나온 시간 말하나?

적막 깨는 발자취라
아픔 뒤엔 아름다움이 아닌가!
일월이 열었으니 용같이 날자.
어두움을 헤치고
눈 덮인 산야처럼 맑고 밝게.

– 갑오년 해룡산(661m) 정상에서

안개에 묻혀버린 칠봉

하늘도 가리니
세상도 드러나지 않는다.
촉촉이 젖은 낙엽
녹지 않은 하얀 길뿐이다.
겨우 보이는 길
양쪽 산 걸터앉은 장림교
묻혀버린 세상
간간이 들려오는 사람들 소리
사찰의 목탁소리
목이 터져라 울부짖는 기도원의 기도소리
모두가 안개 속에 가려
七峰의 말봉에 앉으나
신은 외면하며 돌아앉았나.
사방은 잔잔히 흐르는 바람뿐
시간은 아무것도 잡지 못하고 섰다.

– 동두천 칠봉산(506m) 말봉에서

계곡의 바위같이

구름도 한패를 이루고
검은 돌 바위
비바람에 우리 영혼도 울어댄다.

향로봉 안개는 옷을 벗듯
몇 번씩 바뀌고

잠시 숨 돌리고 바라보면
고독에 새싹을 튀기다
조용히 계곡물 빙벽을 이루고 있다.
누구의 입에선가, 안됐다, 그지?
얼어버린 그 자리

봄여름, 가을, 겨울
영혼이 영혼을 손잡고
앙상히 말라버린
숲과 흙길을 걷는다,
아름다운 세상 꿈꾸며.

— 수락산 향로봉(465m)을 오르며

새해의 바람

시간의 흐름은
딸랑 한 장을 남기고

새로운 커튼은 열리고
맑디 맑은 백지장은
신년 토끼처럼
쫑긋 귀를 세우고

어느덧
동녘의 햇살은
금빛으로 창을 열고
그 틈새로 손짓하며 반긴다.

입은 옷 벗어주고
나눔을 실천하는 봉사자처럼
낭만을 즐기며 추억을 접어가는
희생하는 양으로 살고 싶다.

– 문화공원 솔밭에서

무언의 사랑

세월이 흘러도
수십 년 수백 년을 늘 푸르게
살아온 한 그루 소나무
애인이가, 연인인가?
까무잡잡한 건장한 경상도 머스마와
까치발에 붉은 옷 입은 야시 같은 호남의 가시나
한 백 년을 저렇게
사랑싸움만 하고 섰다.
햇살은 그들을 눈부시게 만든다.
새날 내 머리를 스쳐간 폭풍
소나무는 물끄러미 쳐다보는 나에게
한해 돌아볼 깨달음 주고
사랑이 무언지 묻는다.

– 고령산 형제봉(546m)의 연인

삿갓 풍류길

처음부터 있던 길인가?
청엽골 흰 구름 보고 배낭 짊어진
풍류를 즐기던 김삿갓인 양
소나무 쉼터 앉았다 서니
사방은 푸른 병풍 나그네 집
산들에 쌓이고
나무에 걸려있구나.
지저귀는 산새, 피리바람아,
닮을 걸 닮아야지 노래도 잘하는구나.

날이 저물라
산마루 섬돌에 앉아 땀방울 씻고
시큼한 수건에
흐르는 시 한 수 적어본다.

오가는 사람들 인정 예절도 바른데
나리들 귀녀 품에 안겼나?
풍기는 바람 타고 이곳까지 달려와
내 코를 간질이니

에라, 주막 찾아 길 따라 가자구나.

– 도락산(441m) 정상을 오르며

산이 좋아 산을 닮아가는 사람들의 이야기
- 손영종 시인의 시집 『숲길에 그 바람』에 부쳐

이 시 환 시인, 문학평론가

손 시인께서 동아리 회원들과 함께 산행하면서 그동안 창작한 시 작품 84편으로 한 권의 시집을 펴내고자 한다. 작품의 중심소재가 '산'이든 '어머니'이든 그 무엇이든지 간에 하나로 고정된 채 그와 관련된 작품들로만 작품집을 펴낸다는 것은 대단히 고무적인 일이다. 그만큼 스스로 선택한 제재나 추구하는 주제에 대해서 많은 시간을 갖고 깊게 생각해 온 결과일 터이기 때문이다. 그래서 아무나 쓸 수 없고, 또 쉽게 작품집을 펴낼 수도 없다.

이런 의미에서 시인의 생활과 작품에 대한 호기심이 더욱 생기게 마련인데 손 시인께서는 팔순을 막 넘기신 고령이시기에 더욱 관심이 간다. 나 역시 지난 십 년 동안 매주 한 차례 이상 산행을 즐겨왔으며, 나이 여든 살까지는 지금처럼 국립공원 북한산을 정원처럼 산책하듯 오르내리며 살아야겠다고 줄곧 생각해 왔는데 손 시인이야말로 나의 꿈을 이미 이룬 분이기 때문이었다.

전체 4부로 나뉘어 실린 여든네 편의 작품을 다 읽어보니 서울을 비롯하여 경기 북부 지역과 강원도 일부 지역에 있는 크고 작은 산 거의 모두를 두루 다니셨고, 그때마다 보고 느끼고 사유한 내용을 가지고 편하게 대화하듯 '시'라고 하는 그릇에 담아냈다는 생각이 들었다. 대개, 사람들은 이런 일을, 이런 삶의 양태를 대수롭지 않게 여기는 경향이 있는데 결코, 그렇지가 않다. 나이 여든까지 큰 근심 걱정 없이 건강한 몸으로 뜻을 같이하는 이웃 사람들과 함께 산행을 즐기며, 대자연의 변화와 조화로움을 실감하고, 자신의 존재의미를 끊임없이 반추해가는 일이 어떻게 아무나 할 수 있는 일이겠는가? 세속적인 욕심을 스스로 통제할 수 있어야 하고, 나의 일상을 가능하게 하는 근원적인 요소들로부터 세상에 존재하는 것들에 대한 따뜻한 관심과 열린 마음이 지속되지 않고서는 불가하기 때문이다. 그래서일까, 산을 오래오래 가까이하면 자신도 모르게 산을 닮아간다고 하지 않던가. 산이 스승이 된다는 뜻이다.

그렇게 팔순을 무사히 넘기신 손영종 시인께서는 산길을 걸으며 무엇을 보고, 무엇을 느끼며, 무엇을 마음에 담아 곰곰이 생각해 왔을까? 물론, 여든네 편의 작품이 말해주겠지만, 이것들을 간단명료하게 정리하여 말할 수는 없을까? 이것이 내 몫인 것 같은데 잠시 눈을 감고 그의 작품을 떠올려 보고자 한다.

　누구나 산에 가면 그렇듯, 산의 지형 지세가 먼저 눈에 들어오고, 그 산에서 살아가는 온갖 생명이 눈에 들어오게 된다. 계곡에는 맑은 물이 흐르고, 능선에는 숱한 기암괴석을 볼 수 있고, 더러 약수터와 종교 사원들과 우리 역사적 유적과 관련 시설물 등도 볼 수 있다. 그리고 산에서 살아가는 숱한 동식물이 있지만, 그 가운데에서도 제일 먼저 눈에 들어오는 나무들이 있고, 철 따라 피고 지는 꽃들과 흔한 새, 다람쥐, 고양이 할 것 없이 눈에 잘 띄지 않는 희귀한 동식물들도 있다.

　이처럼 수많은 생명을 품고 있는 깊은 산을 오르내리며, 사시사철 변화하는 모습들을 보면서 시인 역시 대자연이 부리는 조화를 온몸으로 느끼고, 그 아름다움을 만끽하며, 동시에 생명의 유한성을 실감하면서 동행인들과 우의를 다지기도 하고, 산의 덕(德)을 찬미해 왔으리라.

　5월의 녹음
　비단처럼 반짝이는
　안골의 계곡

수정 같은 맑은 물에 목축이는
임을 찾는 새
그 울림소리 구슬프다.

옛 선비들 풍류를 즐기다가
거문고 감추었던 산
산은 옛길처럼 변한 것 없는데
기암절벽과 나무들
하늘을 찌르고 섰네!

비금의 산
계곡에 발 담그니
마음은 비단처럼 출렁이며
어제의 선비가 된 기분
가락이 샘솟는구나.

　작품 「비금계곡」 전문이다. 시인은 경기도 포천에 자리한
'주금산'을 오르내리며 비금계곡에 발 담그고 쉬면서 이런
시상을 떠올린 것 같다. 때는 오월이라 녹음이 점점 짙어가
고, 계곡에서는 맑은 물이 흘러 내리고, 숲속의 새들도 즐
거워 지저귀고, 기암괴석과 울창한 나무들이 어우러진 풍
광 좋은 곳에서 절로 기분이 좋아지는 것을 느꼈을 것이다.
옛날 같으면 선비들이 거문고를 타며 길게 창(唱)이라도 한

소절 뽑아냈을진대 그런 풍류(風流)가 사라진 시대를 살면서 화자는 못내 아쉬워하며 잠시 그 기분에 젖어 든다. 산에 드는 사람이라면 누구나 산이 주는 이 편안함과 여유로움을 누리고 싶을 것이다.

　　암봉에 뿌리내린 산수유 진달래
　　입술을 삐죽거리며
　　하늘 보고 활을 당기고 섰다.

　　오색딱따구리 빨리 꽃 피우라고 장구 치는데
　　바람도 '산린이' 같은 마음 아는 척
　　얼굴을 간질인다.

　작품 「겨울은 가는데 봄은 오는가」 제2, 3연이다. 3, 4월 초봄의 서울 이북 지방의 산 풍경 그대로이다. 제일 먼저 노란 생강나무 꽃이 계곡 주변으로 피어나고 이곳저곳을 가리지 않고 바람 많은 능선에서는 진달래가 피어난다. 추운 겨울을 난 산에서 제일 먼저 보게 되는 생강나무 꽃과 진달래꽃이 피어날 때는 나도 그 꽃들을 바라보는 즐거움으로 산에 간다. 잎도 피우기 전에 꽃부터 서둘러 피우는 그들은 바라보며 진군의 나팔을 불며 봄을 알리는 전령사라는 생각을 하곤 했다. 무언가 희망이 솟구치고, 이제 새로운 세상이 도래하는 듯한 산의 꽃들이 삶의 의욕을 불러

일으켜 주기에 충분하다.

이 작품에서는 암봉, 산수유, 진달래, 오색딱다구리, 바람, 산린이 등이 봄의 산을 구성하는 중요한 소재들이다. 있는 그대로를 가지고서 봄산의 생명력을 재미있게 노래하고 있다. 나도 이 작품을 통해서 배웠지만 '산을 좋아하는, 어린이 같은 이들'이라는 뜻의 '산린이'라는 등산객이 있기에 동화 같은 세계가 그려지는 것이 아닌가 싶다. 사실, 산을 오래 다니다 보면 자기도 모르게 산을 닮아간다. 산길을 오르내리며 보고 듣고 배우고 느끼는 것들이 다 자연현상이고, 조건 없이 베풀어주는 아름다움이고 보면 나쁜 마음 나쁜 생각을 가질 이유가 없기 때문이다. 그래, 산이 좋아 산에 가는 이들은 대체로 어진 사람들이다. 설령, 그렇지 못한 사람일지라도 산으로 가서 위로받고 마음의 평화를 누릴 수 있기에 간다고 해도 틀리지 않는다. 더욱이 그곳에는 동행하는 이의 따뜻한 배려와 우정과 사랑이 있지 않은가.

언젠가는 가야 할 길
아등바등 걸어온 길
내일도 모르고 꽃비처럼 걸은 길

철 따라 피는 꽃길
서로가 부축이며 넘어질까 손을 잡고

길 따라 왔는데
세월은 모른 척하는구나.

눈처럼 고운 마음
햇볕에 사르르 녹는 마음인데
찬바람이 휙 지나가도
쑤시고 아프다면
하나뿐인 정
약손이라며 만져 주기도 하나
마음의 정 그 향기도
백발이 갈라놓으려 하네.

작품 「백 년을 달려가네」전문이다. 이미 산린이가 된 이들끼리 산길을 걸으며, 한 세월 보냈는데 어느새 백발이 성성해지고, 몸은 늙어 굼뜨고, 이곳저곳 아프기 시작하니 그간의 산행에서 느끼고 누렸던 동행인들 간의 우의와 배려와 사랑이 더욱 아쉬워지는 것은 당연한 이치요 인지상정일 것이다. 위 작품이 바로 그런 화자의 심경을 노래한 것이라 할 수 있다.

물처럼 흐르는 세월
여리고 곱던 임의 얼굴
파란 하늘처럼 맑고

계곡처럼 파이어진 주름살

지난날들 이야기하고

어제의 소꿉놀이 고였다 흘렀다 하는가.

- 작품「계곡물에 발 담그니」제2연

생생했던 일들도 다 지나가고 나면 아득한 꿈 같고, 순진했던 어린아이 소꿉놀이처럼 비추어진다. 세월 앞에 장사 없다 하듯이 여리고 곱기만 했던, 그리운 사람의 얼굴에도 주름살이 드리우고, 풍파에 시달린 모습은 다사다난했던 지난 삶을 얘기하듯 오래된 나무 한 그루만 보아도 남의 일 같지가 않고, 바로 자신의 삶인 양 쉬이 하나가 된다.

넝쿨은 옥쇄장(獄鎖匠)이 되어

생명을 잃은 나무와 발버둥 치는 가지들

인간의 삶과 다를 바 없네.

-「음산한 2월의 산」제5연

산길을 걷다 보면 많은 생각을 하게 한다. 아름드리 큰 나무가 지난밤 강풍으로 하루아침에 쓰러져 있기도 하고, 비록, 쓰러져 넘어지지는 않았으나 잎들이 시들고 말라가는 나무는 자세히 보면 온갖 나방들이 알을 낳고, 그들이 자라날 때 새들은 그 벌레를 잡아먹으려고 나무껍질을 열심히 쪼아 댄다. 그런 나무는 머지않아 온몸의 껍질이 다 벗겨진

채 몇 년을 서 있다가 마모되고 부러지고 넘어져서 생명의 역사를 쓸쓸하게 마감한다. 이뿐 아니라, 어떤 젊은 나무는 넝쿨 식물에 둘둘 감겨 제대로 자라지 못한 채 악전고투해야 한다. 또 그런가 하면, 어떤 나무는 주변의 나무들보다 우뚝 솟아 햇살을 마음껏 받으며 쑥쑥 자라나 그 모습이 용감무쌍한 것도 있다. 또 어떤 나무는 뿌리 밑으로 혹은 줄기 속으로 동물들이 파고 들어가 살기에 결국엔 제 명을 다하지 못하고 일찍 쓰러지고 부러지기도 한다. 경쟁이 치열한 인간사회를 보는 것 같기도 하다. 사람이야 자신의 욕구대로 사방팔방을 쏘다니며 먹고 싶은 것만을 골라 먹고 살아도 고작 일백 년 이쪽저쪽을 살지만, 나무는 한 번 뿌리를 내린 자리에서 운이 좋으면 몇백 년을 산다. 나무나 사람이나 모진 풍파를 이겨내려고 부단히 노력한다는 면에서 보면 다를 바가 하나도 없다. 그러니 산에서 인간 세상을 보고, 인간 세상 속에서 산을 본다.

산을 찾는 사람들은 산에 사는 생명을 통해서 동병상련하듯 서로 위로하며 서로 위로받는다. 위로받으며 힘을 내고 삶의 의욕을 낸다. 손영종 시인님의 시들도 다 그런 과정의 솔직한 산행(山行) 일기(日記)이다. 그의 남은 삶에도 산이 우뚝 솟기를 기대해 마지않는다.

- 2021. 07. 07.

손영종 시집

숲길에 그 바람

초판인쇄 2021년 7월 15일 **초판발행** 2021년 7월 20일

엮은이 **손영종**
펴낸이 **이혜숙** 펴낸곳 **신세림출판사**
등록일 1991년 12월 24일 제2-1298호

04559 서울시 중구 퇴계로49길 14, 1동 7층 720호
(충무로가, 충무로엘크루메트로시티2)
전화 02-2264-1972 팩스 02-2264-1973
E-mail : shinselim72@hanmail.net

정가 **12,000원**

ISBN 978-89-5800-232-1, 03810